11/14 *Décembre*

marqué P

VENTE

Après décès de M. R...

HOTEL DROUOT, SALLE N° 2

Du 11 au 14 Décembre 1906

A DEUX HEURES

IMPORTANT MOBILIER

BRONZES D'ART ET D'AMEUBLEMENT

Anciennes Porcelaines d'Allemagne

BIJOUX

ARGENTERIE

TENTURES — TAPIS DE SMYRNE

COMMISSAIRES·PRISEURS

Me L. PECQUET | **Me LAIR-DUBREUIL**
10, rue Choron | 6, rue de Hanovre

EXPERTS

MM. PAULME ET B. LASQUIN FILS
10, rue Chauchat | 12, rue Laffitte

EXEMPLAIRE DE H. STETTINER

CATALOGUE

D'UN

IMPORTANT MOBILIER

DE STYLE

POUR SALONS, SALLE A MANGER, CHAMBRES A COUCHER
ET CABINET DE TRAVAIL, EN MARQUETERIE DE BOIS
ET DE CUIVRE, BOIS NOIR ET PALISSANDRE

Meubles de salon en tapisserie d'Aubusson et en soie

NOMBREUX SIÈGES VARIÉS

BRONZES D'ART ET D'AMEUBLEMENT

Importantes garnitures de cheminées de LEROLLE et de RAINGO

ANCIENNES PORCELAINES

De Saxe — Höchst — Louisbourg, etc.

BIJOUX

Bague montée d'un rubis, d'un brillant et d'un saphir.
Montres — Chaînes -- Broches — Boutons, etc.
Vase en or massif avec chiffre en rubis et brillants.

Environ 50 kil. d'Argenterie de table — Plaque

LINGE DE CORPS ET GARDE-ROBE — LINGE DE MAISON
RIDEAUX — TENTURES — TAPIS DE SMYRNE, D'AUBUSSON ET EN MOQUETTE
LITERIE — SERVICE DE TABLE ET DE VERRERIE, ETC.

Dont la vente aux enchères publiques aura lieu

APRÈS DÉCÈS DE M. R...

En vertu d'ordonnance de référé enregistrée

A la requête de **M. Henri Lecouturier,** *Administrateur judiciaire*

HOTEL DROUOT, SALLE N° 2

DU MARDI 11 AU VENDREDI 14 DÉCEMBRE 1906, A DEUX HEURES

COMMISSAIRES-PRISEURS

Mᵉ L. PECQUET	Mᵉ LAIR-DUBREUIL
10, rue Choron	6, rue de Hanovre

EXPERTS POUR LES OBJETS D'ART

MM. PAULME ET B. LASQUIN FILS

10, rue Chauchat	12, rue Laffitte

EXPOSITION PUBLIQUE, SALLES Nᵒˢ 2 ET 3
Le Lundi 10 Décembre 1906, de 1 heure 1/2 à 6 heures

CONDITIONS DE LA VENTE

Elle sera faite au comptant.

Les adjudicataires 'paieront" *dix pour cent* en sus des enchères.

Aucune réclamation ne sera admise une fois l'adjudication prononcée.

Paris. — Imp. de l'Art, E. Moreau et Cie, 41, rue de la Victoire.

DÉSIGNATION

MEUBLES DE STYLE
• SIÈGES

1 — Beau meuble d'entre-deux à hauteur d'appui
en marqueterie de bois de couleur, avec co-
lonne sur les côtés et ouvrant à deux portes.
Il est richement orné de bronzes ciselés dorés
tels que frise à rinceaux, vases de fleurs sur
les portes, avec encadrement de rangs de
feuilles d'eau et perles. Dessus de marbre
blanc. Style Louis XVI.

2 — Beau meuble d'entre-deux, de style
Louis XIV, en marqueterie de cuivre et ébène
richement orné de bronze doré.

3 — Vitrine en marqueterie de bois et incrus-
tations de filets de cuivre, ouvrant à trois portes vitrées à la partie supérieure, la partie infé-
rieure formant console ; richement orné de
bronze.

4 — Bureau plat, de style Louis XIV, en bois noir à marqueterie de cuivre genre Boulle, richement orné de bronzes dorés. Dessus de cuir.

5 — Deux tables à jeu, de style Louis XIV, en ébène et marqueterie de cuivre genre Boulle, ornées de bronzes dorés.

6 — Jardinière, de style Louis XVI, en marqueterie de bois, à quatre pieds et croisillon, richement ornée de bronze.

7 — Très petite table en acajou, de style Louis XV, ornée de bronzes ciselés dorés, avec tablette d'entrejambe à galerie.

8 — Petite table à jeu en bois noir, incrusté d'os.

9 — Petit guéridon rond à quatre pieds et tablette d'entrejambe, orné de bronzes ciselés dorés. Dessus de marbre de couleur. Style Louis XVI.

10 — Grande jardinière en faïence, avec pied en bois de fer.

11 — Bureau à abattant, avec vitrine, en marqueterie de bois richement orné de bronzes style Louis XVI. Dessus de marbre blanc.

12 — Belle table-bureau en marqueterie de bois et érable, à quatre pieds et croisillon, avec ceinture ornée de rosaces en bronze ciselé doré. Dessus de cuir. Style Louis XVI.

13 — Meuble de salon en tapisserie moderne, fond rouge, sujet à personnages au dossier et animaux sur le siège. Il est composé d'un canapé, quatre fauteuils, quatre chaises et deux tabourets de pieds en bois sculpté peint noir et doré.

14 — Écran en bois sculpté noir et doré, avec feuille en soie brodée au passé.

15 — Ameublement de salon en soie rouge capitonnée à rayures blanches avec fleurettes ; il est composé : d'un grand canapé, deux grands fauteuils, trois plus petits, deux chaises fumeuses, six chaises légères bois doré, un tabouret et une garniture de rideaux-fenétre avec galerie.

16 — Nombreux sièges couverts en soie et capitonnés.

17 — Salle à manger en bois noir sculpté, composée : d'un grand buffet vitré, d'une table, une servante, une petite table et douze chaises couvertes en cuir rouge.

18 à 22 — Mobilier de bureau en bois noir sculpté, composé : d'une grande bibliothèque à trois portes vitrées, un bureau-ministre, une petite table-étagère, une garniture de cheminée en marbre noir et rouge avec buste d'Égyptienne en bronze, deux coupes, deux flambeaux et une suspension à gaz en bronze.

23 à 27 — Ameublement d'antichambre en bois noir, composé : d'un grand porte-manteau avec glace et console à dessus de marbre, une table-bureau à dessus de cuir, quatre chaises couvertes en drap marron, une garniture de fenêtre et de porte, un tapis de table et dessus de cheminée en drap marron.

28 à 30 — Chambre à coucher en marqueterie de bois de palissandre, composée : de deux lits jumeaux, deux tables de nuit, une grande toilette et une commode à dessus de marbre blanc, et une grande armoire à trois portes à glaces biseautées.

ANCIENNES PORCELAINES
D'ALLEMAGNE
D'HOCHST, DE LOUISBOURG, ETC.

Heidelbach
3.050

31 — Deux vases en ancienne porcelaine, forme lancelle, ornés en relief de branches, fleurs et fruits avec amours décorés au naturel sur base en bronze doré de style Louis XV.

1.750

32 — Groupe en ancienne porcelaine de Saxe : La Cueillette des cerises.

1.280

33 — Autre groupe semblable avec variante dans le décor.

690

34 — Groupe de deux enfants et un chien en ancienne porcelaine de Saxe.

Heidelbach
4.410

35 — Deux groupes en ancienne porcelaine de Louisbourg : sujets galants.

1.240

36 — Important groupe en porcelaine de Saxe : Char de Neptune.

1.220

37 — Petit service à thé, composé de quatre tasses et soucoupes, théière, sucrier et bol, en ancienne porcelaine de Saxe, décor à médaillons de paysages et personnages à encadrement d'ornements en dorure.

38 — Groupe de deux enfants en ancienne porcelaine de Saxe, figurant l'Astronomie.

39 — Groupe en ancienne porcelaine de Saxe,
composé de quatre figurines : Vendangeurs
et bouquetières. Socle rocaille.

40 — Deux statuettes en ancienne porcelaine de
Louisbourg : Danseurs et Danseuses.

41 — Deux statuettes en ancienne porcelaine de
Saxe : Danseur et danseuse.

42. — Deux figurines en ancienne porcelaine
d'Höchst : Joueuse de vielle et figure allé-
gorique.

43 — Figurine en ancienne porcelaine de Saxe :
La Bouquetière.

44 — Groupe en ancienne porcelaine de Saxe,
de cinq figurines : La Ronde des vendangeurs. Socle rocaille.

45 — Petite statuette d'enfant chinois en ancienne porcelaine d'Höchst.

46 — Trois petites statuettes de colporteurs et
marchande de fleurs en ancienne porcelaine
de Louisbourg.

47 — Petite statuette de jeune fille, en ancienne
porcelaine d'Höchst.

48 — Groupe de trois personnages : Le Nid
d'oiseau, en porcelaine décorée allemande.

49 — Trois figurines en porcelaine de Berlin et
Vienne.

PORCELAINES
ET OBJETS DIVERS

5o — Garniture de trois pièces, deux lampes et
une coupe en porcelaine de Chine, à décor
familier avec monture en bronze doré.

51 — Paire de vases couverts en porcelaine gros-
bleu genre Sèvres, à médaillons de fleurs et
sujets mythologiques.

52 — Deux vases pitongs en ivoire sculpté :
sujets mythologiques.

53 — Statuette d'homme en ivoire, portant une
hotte en argent.

54 — Paire de lampes, formées chacune d'un
vase en émail cloisonné avec monture en
bronze doré.

55 — Paire de lampes formées chacune d'une poti-
che en Satzuma, avec monture en bronze doré.

56 — Paire de grands chenêts en cuivre, de
style Louis XIII.

57 — Petit panneau en tapisserie de Beauvais,
représentant une statuette, des fleurs et des
fruits sur une console, d'après Gronland.

A gauche, on lit l'inscription suivante :
*Milice Rigobert, 1846, Mre Royale de
Beauvais.* A droite, *Th. Gronland, 1845.*

BRONZES D'ART
ET D'AMEUBLEMENT

58 — Très belle et importante garniture de cheminée, de style Louis XVI, d'après un modèle
ancien, en bronze ciselé doré, composée :
d'une pendule formée d'un autel en forme de
fût cannelé, avec flamme et amour, flanqué
de deux jeunes femmes assises sur une ter-
rasse à base, avec frise à rinceaux et coins
cintrés ; de deux candélabres à cinq lumières
formées de rinceaux s'échappant d'une cor-

beille en feuilles d'eau supportée par deux
amours sur un nuage, base ronde à rinceaux,
et deux petits flambeaux formés chacun d'un
amour portant un carquois. Cadran signé :
Lerolle frères, à Paris.

59 — Belle et importante garniture de cheminée
en bronze ciselé doré, de style Louis XVI,
composée d'une pendule formée d'un vase
avec deux jeunes femmes et amours, base à
frise à rinceaux, et de deux candélabres à
onze lumières formées chacune de rinceaux
s'échappant d'un vase soutenu par deux enfants. Le cadran de la pendule est signé :
Raingo frères, à Paris.

60 — Paire de chenêts en bronze, à vase en-
flammé et médaillon. Style Louis XVI.

61 — Grand groupe, formé de deux femmes sur
un nuage, en bronze patiné, sur socle tour-
nant en marbre de couleur.

62 — Coupe d'après l'antique en bronze patiné.
Maison Barbedienne.

63 — Groupe de deux jeunes femmes couchées
et deux vases en bronze patiné et socle en
marbre rouge.

64 — Grande garniture de cheminée en bronze patiné et marbre noir, composée d'une pendule formée d'une statuette de Mercure, d'après PIGALLE, et de deux lampes.

65 — Paire de chenêts, de style Louis XVI, en bronze ciselé doré, modèle à vase enguirlandé et amour.

66 — Garniture de cheminée en marbre onyx, émail cloisonné et bronze doré, composée d'une pendule et deux candélabres à six lumières.

67 — Paire de chenêts et galerie de foyer en bronze et onyx. Style Louis XVI.

68-69 — Deux pendules de voyage dans leur écrin.

70 — Lustre, de style Louis XVI, à vingt-quatre lumières, modèle à carquois, d'où s'échappe les branches porte-lumières.

71 — Pare-étincelles, formant éventail, en bronze doré.

72 — Suspension de salle à manger et deux appliques, à six lumières au gaz, en bronze.

73 à 75 — Plusieurs paires d'appliques en bronze, pour le gaz.

76 — Suspension d'antichambre en bronze.

ARGENTERIE, ORFÈVRERIE

77 — Vase en or massif, à anses formées d'amours ailés tenant une torche, orné sur la panse d'un côté de branches liées par un ruban encadrant un chiffre en relief pavé de petits rubis et brillants, et au revers de deux couronnes sur branches d'olivier et nœud de ruban en relief.

2.550

78 — Glace biseautée, cadre en argent ciselé et repercé à jour, dessin à feuillages et insectes.

300

Services de table, services à thé et à café, coupes, vases, statuettes, plats, seaux à rafraîchir, etc., etc.

1.400

Métal argenté.

BIJOUX

Bague en platine, montée d'un rubis, d'un brillant et d'un saphir.

Montres, chaînes, bracelets, broches, bagues, épingles, boutons, etc.

Cannes, parapluies, ombrelles.

MEUBLES COURANTS

Deux chambres à coucher en palissandre.

Quatre armoires à linge.

Grande toilette en bois peint, avec glace.

Nombreux meubles divers, commodes, table-bureau, armoire à glace, tables à thé, etc.

88 — Grands et beaux tapis de Smyrne, d'Aubusson et en moquette.

Rideaux et cantonnières en tapisserie d'Aubusson moderne, à décor de fleurs.

Deux paires de rideaux en soie bleue ciel.

Livres.

Garde-robe d'homme.

Pelisse en drap noir, doublée de vison, col en loutre.

Tapis de voiture en ours noir.

Couverture en castor.

Linge de corps.

Linge de maison.

Bonne literie.

Service de table.

Service de verrerie.

Batterie de cuisine en cuivre.

Chambres de domestiques.

Environ 120 bouteilles de vins fins.

Coupé 3/4 de BAIL JEUNE, peint noir rechampi
   rouge, garni en drap marron, roues à pneu-
   matiques.